Silberbauer · schön
und irr

Norbert Silberbauer

schön und irr

Liebesgedichte

Deuticke

Beim Schreiben wollte ich
diese Gedichte dir widmen
dann dir
dann einer anderen.
Während der Endkorrektur
war ich ganz sicher
dein Name muß hier stehen.
Im letzten Moment konnte ich ihn
noch streichen.
Keine Widmung
nur Sehnsucht danach.

Im Anfang war meine Landschaft weiß
wart ihr unentdeckt
nur in meinen Kopfweltreisen stellte ich mir
die schönsten Länder vor
ich begann zu erforschen, in Besitz zu nehmen
weiterzuziehen.
Die Augen der ersten
von der zweiten der Mund
die Hände der dritten
von der vierten die Beine
dein Lachen.
Allmählich verschwanden die weißen Flecken
der noch Unbekannten.
Und als ich dich fand
liebte ich auch jene ein wenig
die vor dir waren.

In meiner ersten Phase
sollte meine Freundin nur schön sein
jeder andere vor Neid zerspringen.

In meiner zweiten Phase
sollte meine Freundin nur politisch sein
womöglich im Bett die Internationale singen.

In meiner dritten Phase
sollte meine Freundin nur gescheit sein
etwas weniger als ich, aber doch.

In meiner vierten Phase
sollte meine Freundin nur kochen können
mich lieben wie die Mutter den Vater.

Jetzt
wo ich schön
gescheit und politisch bin
selbst kochen kann
wünsche ich mir
daß du mich
mit aller Geduld erträgst.

Das Gestern ist heute
eine schöne Erinnerung
an dich.
Dies und das Heute
werden morgen
schöne Erinnerungen sein.
Das möchte ich
immer und immer
empfinden können.

Du stinkst nicht aus dem Mund
die Bücher in deinem Regal sind gelesen
du hast tatsächlich eine beste Freundin
und mit anderen Männern keine Verhältnisse.
Auf der Suche nach deinen Fehlern
die mich ein wenig von dir befreit hätten
fand ich nur die Bestätigung deiner Einzigartigkeit.

Bevor du mich zum Abendessen einlädst
lese ich dir meine Gedichte vor
bevor ich in dein Ferienhaus komme
lese ich dir meine Gedichte vor
bevor ich mit dir schlafe
lese ich dir meine Gedichte vor.

Da soll noch einer sagen
von Gedichten kann man nicht
gut leben.

Meine Freundin sagt
ich erinnere sie an eine Jugendsünde
meine Kollegen sagen
ich erinnere sie an meinen Vorgänger
mein Großvater sagt
ich erinnere ihn an seinen Sohn
die Kritiker schreiben
meine Gedichte erinnern sie an andere Autoren.
Wer erinnert schon so viele Leute
an so viele Leute?

Ich kann dir keine Diamanten schenken
dich nicht zum Opernball einladen
mit dir in kein Luxushotel fahren.
Ich schreibe für dich ein Gedicht.
Mit diesem Zettel
zündest du das Holz im Kamin an.
Schön
wenn es im Zimmer warm wird.

Mit dir werde ich nichts falsch machen
denke ich
und übersehe schon wieder
den alten Fehler.

Früher
jeder Tag ein Leben
ohne Hoffnung für morgen
ohne Erinnerung an gestern
nur jeden Tag mehr Angst
allein zu bleiben.

Mit dir ist nun alles anders.
An einem Tag so viel Leben
Hoffnung und Erinnerung
und jeden Tag mehr Angst
dich zu verlieren.

Im ersten Moment nach deinem Gehen
wollte ich mir eine Kugel in den Kopf jagen
und dir mein Grab für ewig
in dein Herz pflanzen.

Einige Tage später überlegte ich
die Inszenierung meines Kopfschusses
und sah wie sie dir die Nachricht überbrachten
bis wenig später ich vor deiner Tür stand.

Nach Wochen erst kam ich zur Besinnung
und dachte daran
dich zu erschießen.

Schließlich wünschte ich mir
dir das Leben zu retten
unter höchster Gefahr in einem brennenden Autowrack.

Irgendwann
wenn du gehen wirst
werde ich mir eine Kugel in den Kopf jagen
meinen Tod inszenieren
dann dich erschießen
und dir anschließend das Leben retten.

Fast alle meine Beziehungen
erbrachten Liebesgedichte
die unfreiwillig beendeten meist mehr
und bessere.
Solltest du mich verlassen
fiele mir ein ganzer Gedichtband ein
schreiben allerdings könnte ich kein Wort mehr.

Du mußt ertragen
daß ich oft versäumt habe
meine letzte Liebe zu umarmen.

Du mußt erdulden
daß ich häufig vergessen habe
meine vorletzte Liebe zu beschenken.

Du mußt erfahren
daß ich es immer vernachlässigt habe
meine vergangenen Lieben ernst zu nehmen.

Du wirst
vor so viel Geschichte davonlaufen
und meiner zukünftigen Liebe
ein wenig mehr Gewicht verleihen.

Als Kinder
verglichen wir lautstark
die Zahl der selbstgezogenen Milchzähne
zum Beweis unserer Tapferkeit
– unvergleichlich tapfer.

Heute
vergleichen wir halbstark
die Zahl der hingelegten Frauen
zum Beweis unserer Männlichkeit
– unvergleichlich männlich.

Irgendwann
werde ich frei sein
wenn ich auf alle Vergleiche
verzichten kann
– unvergleichlich frei.

Das einzige
woran ich noch dachte
war zu denken
was du denkst
beziehungsweise
was du denkst
daß die anderen Leute denken könnten.

Ich denke
es wird Zeit
an uns zu denken.

Ich tue alles für dich.
Ich koche für dich
ich fahre mit dir ans Meer
ich kaufe dir schwarze Strümpfe
ich schlafe mit dir.
So viel tue ich für dich
und du hast kein einziges Mal
danke gesagt.

Ich würde alles für dich tun
Lieder singen
die Kronjuwelen stehlen
mit verbundenen Augen Auto fahren
– so viel
sagst du.

Ich tue nichts für dich
schreie nicht nach dir
kaufe keinen Schmuck
riskiere nie mein Leben
– so wenig
sagst du.

Ach, leck mich doch.

Sollte ich
in zehn Jahren denken
die Jahre sind schön gewesen
bleibt die Trauer
an das vergangene Schöne zu denken.
Sollten die Jahre
aber häßlich gewesen sein
bleibt die Trauer
an das versäumte Schöne zu denken.

So oder so
ich gehe zuversichtlich
in die Zukunft.

Wenn ich mir sicher wäre
daß du immer schön bleibst
und begehrenswert
wenn ich mir sicher wäre
daß du dich ewig nach mir sehnst
würde ich mich jetzt
umbringen
– möglicherweise.

Franz
Andreas
Harald
Gerald
Rudolf
Otto
Peter
So viele Namen.
Mehr als der Kalender
Namenstage zu vergeben hat.
So viel Eifersucht.
Selbst am Heiligen Abend
ist keine Ruhe.
Der
dessen Namen ich nicht kenne
könnte der Schlimmste sein.

Daß du dich mit einem Kollegen triffst
mißverstehe ich
daß du mit einem alten Freund in den Urlaub fährst
mißverstehe ich
daß dich auch deine beste Freundin braucht
mißverstehe ich
daß du manchmal allein sein willst
mißverstehe ich.
Als ich dich
um die Aufklärung der Mißverständnisse
bitte und du schweigst
glaube ich zu verstehen.

Weil wir uns lieben
verschweige ich aus Rücksichtnahme
meine Sorgen um dich
verschweigst du aus Rücksichtnahme
deine Sorgen um mich.
Weil wir uns lieben
bin ich gekränkt
weil du meine Rücksichtnahme nicht erkennst
bist du gekränkt
weil ich deine Rücksichtnahme nicht erkenne.
Weil wir uns lieben
belügen wir uns.

Ich wollte dir
die Freiheit geben
dich frei für
mich zu entscheiden.

Du hast deine Freiheit
falsch verstanden.

Was ich von dir wollte
würde ich es aufschreiben
es füllte Tausende Seiten
und brauchte Jahre
es zu erzählen.

Nur eines wollte ich nie
dich fragen
ob du mich willst.

Vor fünf Jahren verlangte ich nach deinem Körper
heute steht er mir zur Verfügung
vor fünf Jahren hörte ich deinen Geschichten zu
heute langweile ich mich dabei
vor fünf Jahren beneideten mich alle um dich
heute sind mir deine Auftritte peinlich.
Es hat mich schwer getroffen
als du mir das alles gesagt hast.

Ich habe dich hintergangen
aber an deine Treue geglaubt
ich habe dich belogen
aber deinen Worten vertraut
ich habe dich eingesperrt
aber meine Freiheit verteidigt
ich habe dich verletzt
aber mich geschützt.
Nun
da ich in dir mich selbst erkenne
verzweifle ich.

Die Regel lautet
daß du mich jeden Tag bittest
und ich
wenn ich Lust habe
deine Liebe über mich ergehen lasse.

Wir wären auch gut miteinander ausgekommen
hätte dir dein Wissen genügt
die Stärkere zu sein
und hätte ich dein Wissen
vergessen können.

Sollte die Vernunft zwischen uns stehen
sage ich dir
Gefühle lügen nie.

Sollte das Gefühl zwischen uns stehen
sage ich dir
sei doch vernünftig.

Ich liebe dich
sagst du
aber ich zweifle an unserer Beziehung.

Ich mag dich
sagst du
aber ich zweifle an unserer Beziehung.

Ich brauche dich
sagst du
aber ich zweifle an unserer Beziehung.

Nach sechs Monaten nehme ich Valium
und dir deine Zweifel.

Am Ende unserer Beziehung
verbringe ich die Tage, Abende und Nächte
mit meinen chemischen Freunden.
Ihre Wirkung ist wunderbar.
Ich könnte fast glauben
du wärst
diese Tage, Abende und Nächte
wieder bei mir gewesen.

An meinem Christbaum hängen
sorgsam in Seidenpapier gewickelt
Valiumtabletten.
Statt Kerzen stehen Zigaretten in den Ästen
auf der Spitze eine leere Weinflasche.
Mit jedem Lidschlag verschwindet ein Baum
mit jeder Träne kommt einer hinzu.
Der Weihnachtsmann greift dem Christkind
unter den Rock und stirbt.
Und ich denke immer noch
an dich.

Statistisch gesehen ist am Heiligen Abend
nur selten Vollmond
und noch seltener ist dabei der Himmel wolkenlos
und nur einmal im Leben
liegt auch noch Schnee.
Ich könnte deine Beschimpfungen ertragen
ich könnte ertragen
wenn du es mit drei Männern gleichzeitig treibst
aber ich kann es nicht ertragen
in dieser Nacht
allein zu sein.

Du bist
wie ich bin
du bist
was ich gern wäre
du bist
wie alle zusammen vor dir waren
nur in mich verliebt
bist du nicht.

Die Liebe ist ein Aufeinanderzugehen.
Ich komme dir einen Schritt entgegen
einen Schritt kommst du mir entgegen.
Du einen Schritt
ich einen Schritt.
Viele Schritte.
Wir hielten erst an
als wir einander nicht mehr sahen.

Wäre es ein anderer Mann
ich könnte ihn verfolgen
ich könnte ihm auflauern
ich könnte ihn bekämpfen
so vieles gäbe es zu unternehmen.
Aber du gehst nicht wegen eines anderen
sondern wegen mir.
Soll ich mich nun selbst bekämpfen
mir auflauern, mich verfolgen?
Und würde ich
dabei ein anderer werden
kämst du dann zurück?

Die Löcher in der Ozonschicht
nehmen mir die Luft
dir zu sagen
daß ich dich brauche.

Die Kriege und die Gewalt überall
lassen keine Zeit
für eine Umarmung.

Verhungerte Kinder
beanspruchen mein ganzes Mitgefühl.

Ich bin dankbar
für die Katastrophen der Welt
hinter denen meine eigene verschwindet.

Halbbetrunken starre ich an die Zimmerdecke
denke an mein und des Universums Elend
daß die Erde nichts anderes ist
als das Loch in einem Emmentaler
den gerade ein Gott genüßlich verzehrt.
Am nächsten Tag kaufe ich mir Emmentaler.
Nach drei Monaten schlußendlich neun Kilo zugenommen
vom vielen Käse
noch depressiver geworden
von gescheiterten Abmagerungskuren
einsamer vor lauter Häßlichkeit
das Gewicht der Welt im Bauch.
Es war vor einem Jahr
als du gegangen bist.
Seitdem leide ich
schwer.

Nichts stimmt mehr.
Seit du gegangen bist
fällt im Sommer Schnee
brennen im Winter die Kornfelder
Sonne und Mond heben sich auf in einem Grau
die Wochentage riechen nach Weihrauch
der Sonntag nach Schweiß.
Nichts stimmt mehr
seit du gegangen bist.

Wie immer gäbe es viel zu sagen
Gründe zu erklären
Hoffnungen zu formulieren
Ängste einzugestehen.

Hätten wir nicht über all das gesprochen
ich würde jetzt wohl glauben
in einem klärenden Gespräch
läge der Weg zu dir.

Ich schicke dir mein schönstes Liebesgedicht
– nichts.
Ich schicke dir mein zweitschönstes Liebesgedicht
– nichts.
Ich schicke dir all meine Liebesgedichte
– nichts.
Am Ende meiner Verzweiflung
schicke ich Dir
ein Liebesgedicht von Peter Turrini.
– nichts.
Das tröstet.

Ich bestelle immer zwei Karten
fürs Theater oder Konzert
in der Hoffnung
du würdest eines Tages mit mir gehen.
Wenn du dann doch nicht mitkommst
lasse ich auch meine Karte verfallen.
Deine Abwesenheit macht nicht nur einsam
sondern auch dumm.

Jede Woche verbrenne ich schadenfroh ein Foto von dir
ich gehe unsere Wege ab
verschenke deine Geschenke
und trage deinen selbstgestrickten Pullover so lange
bis er verdreckt.
Aber was ich auch mache
ich kann dich nicht vergessen.

Früher verwandelte meine Liebe
dein Übergewicht zu etwas Weichem
machte aus deiner Dummheit Natürlichkeit
und übersah meine Abhängigkeit.

Dann verwandelte mein Mißtrauen
deine blonden Haare in Dummheit
machte aus deiner Liebe eine Belagerung
und übersah meine Furcht.

Jetzt rede ich mit meiner Katze.

Die Hoffnung
ich könnte in zehn Jahren
über meine Trauer lachen
bringt mich fast um.
Die Angst
ich könnte in zehn Jahren
noch immer nicht
über meine Trauer lachen
bringt mich fast um.
Ich will nichts mehr erleben.

Im Schnitt entstehen in einer Woche
der Einsamkeit und der Traurigkeit
zwei Gedichte.

Diese Gedichte mag dann auch keiner.
Grund genug
ein neues Gedicht zu schreiben.

In Anbetracht meiner Einsamkeit
sind mir die Kriege der Welt egal
in Anbetracht meiner Trauer
ist mir die Habgier der Konzerne egal
in Anbetracht meines Sehnens
sind mir die Zerstörungen egal
in Anbetracht unserer Trennung
bin ich mir selbst egal.

Nun da ich es aufgebe
um eure Achtung zu kämpfen
nicht mehr weglaufe
vor meiner Einsamkeit
aufhöre
auf dich zu hoffen
kommst du auch nicht zurück
und ich bekomme nichts von dem
was ich ohnehin nicht mehr will.

Ich habe dich angeschrien
Geduld mit dir gehabt
dich beschenkt
dich gequält
auf dein Weggehen
mit Totstellen reagiert.
Schweigen. Ewig.
Unsinn.

Das alte Lied
durchzechte Nächte
geschriebene Gedichte
ohnmächtige Wut
und mein unerträglicher Schmerz
über dein leises Verschwinden.
Wärst du geblieben
was wäre daraus geworden
nur ein anderes altes Lied.

Sollte die Zukunft werden
wie die Vergangenheit war
und sollte die Erinnerung
die Hoffnung zerstören
bliebe mir nur noch der Weg
zum Facharzt für Gemütsleiden.
Das wäre nun etwas Neues.

Wenn ich an die Zerstörung
unserer Liebe zurückdenke
denke ich
ich muß ein anderer gewesen sein.
Nach vielen Sitzungen weiß ich nun
wer dieser andere gewesen ist.
In meiner nächsten Beziehung aber
bin ich mir wieder ein Fremder
der alles zerstört.
Wie viele Fremde müssen noch kommen?

In unseren ersten Sitzungen sprachen wir
über meine gescheiterte Beziehung
dann über meinen Beruf
meine Mutter
schließlich über meine Kindheit.
Für über tausend Schilling kaufe ich mir
für fünfzig Minuten einen freundlichen Zuhörer.
Demnächst reden wir über die Lösung
meiner finanziellen Probleme.

Die Wiederholung
die Gewohnheit
die Wiederholungen einer Gewohnheit
die gewohnten Wiederholungen.

Die Erinnerung
die Erinnerungen an gewohnte Wiederholungen
die gewohnten Wiederholungen einer Erinnerung.

Jetzt nur Einsamkeit
und irgendwann
die gewohnten Erinnerungen an die
Wiederholung der Einsamkeit.

Manchmal
ist es einfach schön
durch Wälder zu gehen
die Stille zu hören
das Laub zu riechen
den Regen zu spüren
still wo zu sitzen.
Wie häßlich sind diese Momente
in denen ich das Schöne mit niemandem
teilen kann.

Wenn es mir gut geht
schreibe ich schlechte Gedichte
bis es mir deswegen wieder schlecht geht
weshalb ich gute Gedichte schreibe
bis es mir deswegen wieder gut geht
weshalb ich schlechte Gedichte schreibe
und so weiter.

Hab' ich ein Glück
daß es mir meistens schlecht geht.

Anfangs
weil die anderen über
die Latte ihrer Wünsche stolperten
legte ich mir meine so hoch
daß ich mich daran
hätte aufhängen können.
Jetzt
Jahre später
laufe ich mit blutigem Kopf
gegen die herabgesetzte Latte
meiner Wünsche.

Mit jedem geschriebenen Gedicht steigert
sich mein Verlangen nach Ordnung in der Küche
mit jeder Idee der Appetit auf Sonntagsbraten
mit jedem gelesenen Leitartikel der Wunsch nach
weihnachtlichen Vanillekipferln.

Entweder höre ich mit dem Schreiben, Denken und Lesen
auf
oder ich werde in den nächsten zehn Jahren
dreißig Kilo zunehmen.

Immer im Sommer
überkommt mich eine tiefe Einsamkeit.
Sie brennt mir auf der Haut
schmerzt
läßt mich manchmal wanken.
Immer im Sommer
sehne ich mich nach einem Menschen.
Es ist unsagbar schwierig
sich selbst den Rücken einzucremen.

Als ich in meiner Verzweiflung
auf meine Freundinnen von damals
zurückgreifen will
die abgewiesenen, weggelegten
für Notzeiten aufgehobenen
hat keine Zeit für mich.
Ich lasse mir die Haare schneiden
ziehe mich anders an
rede von anderen Dingen
und lache.
Wenn ich ein Neuer werde
vielleicht kommen dann wenigstens
die alten Freundinnen wieder.

Langsam ist in den Jahren
meine Kunstfrau entstanden
zusammengesetzt aus den schönsten Teilen
und sehnlichsten Wünschen.
Unsere Liebe muß nun schnell geschehen
jetzt gleich, hier
egal wie, alles egal
nur sofort, ohne zu fragen
bedingungslos, mit geschlossenen Augen
bevor ich merke
daß kein Teil von dir
Teil meiner Kunstfrau ist.

Ich höre mir deine Geschichte an
du hörst dir meine Geschichte an
mich hat meine Freundin verlassen
dich dein Freund
ich bin nur deine zweite Wahl
und du nicht meine erste.
Unser zweitklassiges Beisammensein
war erstklassig.

An dich verschenkte ich mein Vertrauen
dir übergab ich mein Lachen
du bekamst meine Zuneigung.

Mit jeder Liebe verlor ich etwas von mir
und mit dem Mißtrauen, der Trauer und dem Haß
auch die Hoffnung auf dich.

Weil ich nicht mit dir schlafen und
dich auch nicht wegschicken will
streichle ich stundenlang stumm deinen Körper
zähle jedes Haar
und finde Muttermale an den verborgensten Stellen
bis endlich die Nacht vergeht.
Wegen meiner Zärtlichkeit liebst du mich noch mehr.
Nichts und niemandem ist zu vertrauen.

In meiner letzten Depression
verlangte ich von dir
mich vor dem Haustor in Strapsen
und mit einer Sachertorte zu empfangen.
Ich kam dann doch nicht
stellte mir aber vor
wie jemand verweint und halbnackt
mit einer Sachertorte
auf mich wartet.
Vielleicht.

Zwischen Pflicht und Neigung
oder Treue und Betrug
oder dir und mir
nahm nach der anfänglichen
Neigung zur Pflicht
bald schon
die Pflicht zur Neigung
überhand.
Schrecklich
mein schlechtes Gewissen.
Weil wir einander aber doch lieben
wirst du in Zukunft die Pflicht
ich die Neigung sein.

Ich legte dir Geld ins Bett.
Du schwiegst.
Ich goß dein Essen aus dem Fenster.
Du schwiegst.
Hin und wieder kam ich eine Nacht nicht nach Hause.
Du schwiegst.
Ich habe mit allen Mitteln versucht
deine Liebe loszuwerden.
Jetzt
wo ich sie behalten will
gehst du.

Kein Tag sollte dem vorigen gleichen
jeder unverwechselbar jeder Wiederholung entgehen
das täglich Außergewöhnliche alle Gewohnheiten
ersticken.

Doch die Mühsal des unverwechselbaren
Außergewöhnlichen
verkam zur gewohnten Wiederholung.

Die eine Woche esse ich Gemüse und Obst
treibe Sport, arbeite
und gehe unzufrieden um dreiundzwanzig Uhr ins Bett.
Die andere Woche trinke ich täglich eine Flasche Gin
rauche, faulenze
und gehe unzufrieden um drei Uhr zwanzig ins Bett.
Das Leben fiele mir wohl leichter
wenn ich wüßte
ob ich am Leben hänge
oder nicht.

Jede Verleumdung macht meine Haare kürzer
jeder Rausch meine Selbstachtung geringer
jeder Kredit meine Freiheit kleiner
jede Liebe meine Einsamkeit größer.
So vergehen Tage und Jahre unmerklich.

Als ihr ein Fest für mich gabt
Geschenke brachtet
wir soffen und sangen
schrien und stampften
und plötzlich du meine Hand nahmst
brach ich zusammen.
Ohne das Kreuz meines Daseins
kein Halt mehr.

Ich verspreche dir Treue
und wünsche mir deine beste Freundin
du versprichst mir Sicherheit
und denkst an deine Freiheit
ich verspreche dir Liebe
und meine deinen Körper
du redest von Vertrauen
und stellst mir viele Fragen.
Laß uns von neuem beginnen.
Du versprichst mir Treue
und ich verspreche dir Sicherheit.

Du liest die Bücher
die ich lese
du hörst die Platten
die ich höre
du siehst die Filme
die ich sehe
du haßt die Menschen
die ich hasse.
Nach ein paar Jahren wirst
du mein Ebenbild sein.
Aber genau das kann ich
nicht lieben.

Früher trug ich in dreieinhalb Tagen
bloß fünfundzwanzig Kilo
deine halbe Liebe
dein halbes Leid
meine halbe Verantwortung.

Jetzt breche ich unter der Last
von fünfzig Kilo an sieben Tagen zusammen.
Ich hätte dich ertragen können
hättest du deinen Freund nicht verlassen.

Wenn ich bei dir bin
möchte ich schreiben
wenn ich schreibe
möchte ich bei dir sein

Wenn ich mir deiner sicher bin
möchte ich gehen
wenn ich mir deiner unsicher bin
möchte ich bleiben.

Bevor ich an diesem Widerspruch zerbreche
nehme ich mir eine andere
– und denke an dich.

Erzähle ich dir
vom Theater
denke ich daran
mit dir zu schlafen.

Bei konkreten Stücken
sitzt du schon nackt im Café.

Nach einer weiteren Stunde
des Interpretierens
fahren wir endlich zu mir nach Hause.

Nach einer Nacht voller Kunst
gestehst du
mit einem Mann wie mir
hättest du gern geschlafen.

Der wenige Orangensaft ist mit Wasser verlängert
zur eingetrockneten Topfengolatsche gibt es noch
aufgetaute Semmeln
die vier Blätter Wurst werden ehrlich geteilt
zum Kaffee keine Milch.
Keine Lüge!
Unser zweites Frühstück
gleicht unserer zweiten Liebesnacht.

Was bleibt ist
was immer bleibt.
Ein Gesicht ohne die Schminke des Alkohols
eine heisere Stimme im kalten Rauch
und das Verlangen
endlich wieder allein zu sein.

Nichts bleibt.
Das wird auch morgen wieder
dich mit mir
mich mit dir
verbinden.

Ich dachte
eine zweite Freundin
halbiere die Macht der ersten
und eine dritte
die halbierte der ersten
die ganze der zweiten.
Eine vierte Freundin
teile wiederum
die geviertelte Macht der ersten
die geteilte der zweiten
und die ganze der dritten.

Nun sind sie alle weg.

Aus stiller Liebe zu einer Kellnerin
ging ich täglich in ihr Wirtshaus.
Zuerst nur zu Mittag
dann auch abends
und schließlich sogar
zur Kaffeejause am Nachmittag.
Mit jeder Bestellung kamen wir
einander näher.
Nach ein paar Monaten
war ich fett
und sie kein bißchen mehr
in mich verliebt.

Wenn ich einmal
damals hätte ich
mir denke
in zehn Jahren vielleicht
wenn ich dann denke
ich hätte statt des Schreibens
mich umbringen sollen
werde ich mich wieder nicht umbringen.
So vergehen die Tage und Jahre
mit Denken.

Jedes zweite Gedicht von mir ist unfreiwillig entstanden
einsam entstanden
weil ich alle Wirtshäuser und Frauen in diesem Dorf kenne
als wäre ich ihr Besitzer
und weil die Großstadt zu weit weg liegt.
Das sind die besseren Gedichte
die anderen das Ergebnis meines
literarischen Talents.

Wenn eine Frau da ist
wird alles größer
schöner, wunderbarer.
Wenn keine Frau da ist
ist alles am traurigsten
häßlichsten, widerwärtigsten.
Über die Jahre und viele Frauen hinweg
habe ich ziemlich ausgeglichen gelebt.

Daß ich in diesem Lokal stehe
ist eine Bankrotterklärung
daß ich mit euch rede
ist eine Bankrotterklärung
daß ich Unmengen Wein trinke
ist eine Bankrotterklärung
und daß ich trotz dieser Erkenntnis
nicht sofort gehe
ist eine zusätzliche Bankrotterklärung.

Hätte ich am Ende unserer Beziehung meine
damalige Geliebte nur einen Tag früher verlassen
wäre ich vielleicht der Gewinner
sie die Verliererin gewesen.
Folglich verlasse ich dich heute
und die nächste werde ich noch früher verlassen.
Mit der übernächsten werde ich
erst gar nichts anfangen
und ab dann nie wieder verlieren.

Wenn ich mit dir keine Beziehung anfange
erspare ich mir
das Warten
die Eifersucht
Streitigkeiten
Erklärungen
Kränkungen
Verletzungen.
Ich erspare mir so viel mit dir
daß ich fast überlege
mit dir etwas anzufangen.

Ich höre mir deine Geschichte an
von der gescheiterten Ehe nach vielen Jahren
ich tröste dich mit vagen Prophezeiungen
er wird wiederkommen.
Du weinst in meinen Armen
und ich bin bei dir
als ob ich bleiben wollte.
Das geschah vor vielen Jahren
und unser Mißverständnis nimmt kein Ende.

2. Auflage

Umschlaggestaltung: Franz Hanns
Druck: MANZsche Buchdruckerei Stein & Co., Wien

Printed in Austria

ISBN 3-216-30319-5

2. Auflage

Umschlaggestaltung: Franz Hanns
Druck: MANZsche Buchdruckerei Stein & Co., Wien

Printed in Austria

ISBN 3-216-30319-5